KB270312

외로움도 사치였다

시아현대시선 **029**

외로움도 사치였다

양화춘 시집

인쇄일 | 2025년 10월 10일
발행일 | 2025년 10월 15일

지은이 | 양화춘
펴낸이 | 김영빈
펴낸곳 | 도서출판 시아북(詩芽Book)

출판등록 | 2018년 3월 30일
주소 | 대전광역시 동구 선화로214번길 21(3F)
전화 | (042) 254-9966
팩스 | (042) 221-3545
E-mail | siab9966@daum.net

값 12,000원

ISBN 979-11-94392-51-4(03810)

---

* 저자와의 협의에 의해 인지를 생략합니다.
* 잘못된 책은 바꿔드립니다.
* 이 책은 2025년도 충남문화관광재단 창작기금을 지원받아
  제작되었습니다.

외로움도 사치였다

양화춘 시집

시아북 詩芽BOOK

　오랜 세월 동안 마음속에 품어왔던 내 깊은 속마음을 조심스레 한 권의 책으로 세상에 내놓습니다.

　시집을 내며 제목을 참 많이 고민했습니다. 그리고 나는 제목을 이렇게 적었습니다.

　"외로움도 사치였다"

　이 한 문장은 어쩌면 내 모든 인생과 삶의 응축된 고백일지도 모르겠습니다. 그 시절 어렵지 않은 사람이 어디 있겠습니까마는 내 삶도 삶의 무게에 눌리고 흔들렸습니다. 삶의 굽이굽이마다 때로는 슬픔과 아픔이, 때로는 웃음과 울음이 있었습니다. 대개의 사람이 그러하듯 산다는 것이 무거운 짐이 되기도 했습니다.

　그때마다 나를 일으켜 세우고 잡아준 것은 바로 가족이었고 시였습니다. 시는 막막한 하늘 아래 내가 숨 쉴 수 있게 해준 산소통이었습니다. 나는 시를 쓰며 나를 다독였고 시를 낭송하며 마음을 치유했습니다. 그렇게 시는 내 삶에서 뗄 수 없는 소중한 친구요 동지가 되었습니다. 시는 저를 이끌어주는 안내자

였고 답답한 닫힌 세상에서 세상을 보는 창문이 되었습니다. 시를 쓰고 시를 낭송하며 나를 달래고, 상처를 치유하곤 했습니다.

누구나 그러했든 어려운 시절에 막내딸로 자라며, 어머니의 애틋한 사랑과 그 안에 숨어 있던 고단한 삶의 무게를 깊이 간직해 왔습니다. 어린 시절의 기억은 늘 삶의 무게와 그리움이 뒤섞인 풍경이었습니다. 그 풍경 속에서 어머니는 늘 가장 큰 빛이자 울타리였습니다. 그래서인지 내 시의 밑바탕에는 언제나 어머니의 따스한 숨결과 그리움이 깔려 있습니다.

나는 삶의 길 위에서 슬픔과 기쁨과 상처와 치유를 배웠고, 동시에 헌신과 희망이 무엇인지를 배웠습니다. 그래서인지 세상을 살면서 만난 어르신들과 장애가 있는 분들에게 남다른 애정을 품고, 가능한 한 발 벗고 나서서 돕고자 했습니다. 봉사라는 말은 때로는 거창하게 들리지만, 내게 그것은 곧 삶을 지탱해 온 또 다른 호흡이었습니다.

어쩌면 이 모든 눈물과 상처가 내 시의 언어로 흘러나온 원천이었을지도 모릅니다. 시를 쓰며 나는 비로소 내 삶의 상처와 마주할 수 있었고, 동시에 그 상처를 너머로 건너가는 길을 찾을 수 있었습니다.

지나온 세월의 무늬는 「동네 아이들」 같은 시에서는 환한 추억으로, 「몸살」에서는 사회와 자연을 향한 성찰로, 「수고했어요」에서는 서로를 위로하는 손길로 번져 나왔습니다. 과거와 현재, 그리고 다가올 미래가 서로 얽히고 매듭지어진 자리에서, 나는 오히려 언어로 풀어내며 위안을 찾았습니다.

이를테면, 시 「동네 아이들」에서 뛰노는 어린 시절의 기억은 고단한 현실 속에서도 환한 빛으로 남아 있는 추억을 불러옵니다. 반대로 「몸살」에서는 무너져가는 자연과 우리 사회의 불안한 현실을 응시하며, 양심과 책임을 되묻습니다. 「수고했어요」에서는 살아온 세월의 주름과 고단한 손을 마주 잡으며 서로를 위로하는 인간의 따뜻함을 담고자 했습니다.

무엇보다 표제작 「외로움도 사치였다」는 내 지난 생애의 응축된 고백입니다. 끝없는 아픔과 침묵 속에서도, 외로움을 느낄 겨를조차 없이 버텨야 했던 그 시절에 마음속에 꽃 하나를 걸어 두려는 간절한 소망을 모두 여기 담았습니다.

이 시집은 바로 그 꽃을 독자와 나누기 위한 작지만 소중한 증언입니다. 이 작은 꽃 한 송이를 여러분께 전합니다.

이 꽃이 전하는 작은 소리를 듣고 나와 같은 길을 걸어온 이들, 혹은 여전히 외롭고 힘든 길 위에 선 누군가에게 작은 위안과 울림이 되기를 바랍니다.

오늘의 저와 시를 있게 해준 세상의 모든 분께 깊이 머리 숙여 감사드립니다.

2025년 가을

양화춘

2부
꿈에 본 어머니

3부
울 언니 시집가던 날

4부

통통배에 배인 사랑

외로움도 사치였다

Even Loneliness Was a Luxury

양화춘 시집

Poems by Yang Hwa Chun

1부

수고했어요

수고했어요

산책길에서 마주친 당신의 얼굴,
살아온 시간이다

깊어진 주름살은 과거로 가는
주파수

눈썹에 서리 내리고
잡은 손은 거칠어졌어도 단단하다

돌이켜보면
아옹다옹 추억으로 건너온 시간들

여전히 허둥대며 주파수를 찾지만
함께 웃는 얼굴

당신도, 나도 수고했어요

몸살

산을 허물고
바다를 틀어막아
대지는 두 동강 났다
그 위로 철의 짐승들이
속도를 긋는다
속도의 그림자만큼
우리의 앓음은
더 깊어진다

가볍게 던진 양심 조각 위로
폭염, 폭설, 폭우, 태풍이
줄지어 몰려오고
삶은 허물처럼 무너진다

달리는 세상보다
더 빠르게 퍼지는 바이러스
어쩌면 우리가 흘린
양심의 그림자일지 모른다

느림이라는 단어,
소소한 여유라는 풍경은
이제 어디쯤 숨어 있을까

달리다 멈춰 선 순간
비로소 들리는 그 소리

이제 어디에서 찾을 수 있을까

동네 아이들

병풍처럼 드리운 뒷산 아래
가만히 서 있으면
어깨를 스치는 몇 송이 추억,
불쑥 꽃을 피운다

남자아이 가슴에 맺히던
철쭉처럼 첫 고백으로
붉게 물들던 그 봄날
못 들은 척
뒤돌아 달아나던 숨바꼭질

발소리 따라
노을이 함께 뛰고
별들이 하나씩 깨어나던
그 저녁의 놀이터 위
말갛게 반짝이던 기억들
이제는 천천히 바래가지만
부끄러움 없이 피어있던
그 꽃송이들

그래,
아이들은 그 봄밤에 피던
가장 환한 꽃이었다

선운사 단풍

가을은 무엇으로
이토록 깊어지는가

하늘을 이고 선 담장은
늙은 호박을 껴안은 선비

도계천 물소리에 놀란 낙엽은
뚝, 떨어져 구르는데

층층으로 물든 숲속에
안부 묻는 새소리 정겹다

비워지는 들판 너머
곳간은 천천히 채워지고
농부의 굽은 등에
가을 햇살이 머문다

석탑 앞에 모은 두 손 앞에
바람조차 숨죽이며
가을을 배웅한다

은행나무

훤한 달빛 아래
바람이 산의 등을 곧추세우고
풀숲 귀뚜라미 울음은
깊어가는 가을을 알린다

맨몸으로 선 은행나무 한 그루,
무슨 생각하며 오랜 세월 견뎠을까

걱정 같은 이파리들
하나, 둘 말없이 떨구고는
바람에 품을 빌려 스스로를 비운다

괜스레 서늘해지는 마음 한쪽

따뜻한 햇빛 한 사발
두 손 가득 떠서
살며시 건네주고 싶다

시댁과 친정 사이

설날 아침,
갓 지은 밥 냄새 사이로
묵은 기침처럼 침묵이 흘렀지요
어머니는 조용히 나물을 무치고
나는 옆에서 국을 데우며
서로의 손등만 바라보았죠
하고픈 말은
어느새 젓가락 끝에 걸려버리고
웃음은 익은 나물처럼
간을 맞추다 사라졌습니다
아이의 한마디,
"할머니랑 엄마는 왜 말 안 해?"
그 순간,
깊게 쌓인 눈 위에
햇살이 스며들듯
오래된 울타리 하나가
스르르 무너졌습니다
가족이란
마음에 둘러친 울타리 안에서

서로를 이해하기까지
참 많은 계절을 견뎌야 한다는 걸
부모가 되고 나서야
비로소 알았습니다
서로 다르되 함께인 것,
그게 가족이라면
울타리란
언젠가 조용히
넘어설 수 있는 마음의 언덕이겠지요

불면의 밤

슬픔은
예고 없이 내리는
소나기처럼 온다

살다 보면
태풍처럼 많은 걸 잃기도 하고
절망 앞에선
두 손이 허공에서 멈추곤 한다

그럴 땐
욕망의 꼬리를 스스로 잘라낸다
더 멀리 날기 위해
깃털을 비우는 새처럼
숲속 나무들도
제각기 다른 모양으로 자라나듯
모두가 같은 키로 설 필요는 없다

아무리 생각이 앞서가도
꽃은 제 때가 되어야 피고

늦게 피는 꽃일수록
색이 곱고 향은 깊다

욕망을 덜어낸 자리에서야
비로소 견딜 수 있는 것이 있다

때로는
가만히 멈추어 서 있는 생각이
세월보다 먼저 길을 낸다

오늘도 난 불면의 밤을 보낸다

동치미

잠이 달아난 밤,
책장을 넘기는 손끝에서
부시럭, 낡은 기억이 흘러내린다

소파 끝에 멍하니 앉아
검은 골목 너머 붉게 빛나는 십자가
어딘가 뜨겁고 마른,
식지 않는 갈증처럼
모두가 스스로 만든 외로움 속에
깊이 잠긴 얼굴들
뒤돌아보면 삶은 늘
고단하고, 어쩐지 부질없다

문득,
한겨울 장독대 속
맑고 차가운 동치미가 떠오른다
그처럼 투명하고 시원하게
사는 일은 가능할까

속을 헹궈내듯
말갛게, 아무것도 남기지 않고

굵은 손가락

한 번 더 확인하고 싶었던
바쁜 하루가
손끝에 고스란히 박혀 있다

숯덩이 같은 밤,
문득
손금을 들여다보며
지도처럼 접힌 주름 위로
한 세계를 여행하듯 웃는다

아직 버리지 못한
세상살이 몇 줌,
뻐근하도록 굽혔다 펴기를 반복하며
버겁도록 살아왔다

묵은 살림살이
바꿔볼까 망설이던 해가 몇 해이던가
이젠 아픈 관절이나
새것으로 갈아 끼우고 싶다

울고 웃던 세월의 무게만큼

거칠어진 이 손,

참 잘 견뎠다

결코 부끄럽지 않다

봄볕에 젖다

봄볕을 몇 겹이나 덧입고
풀잎 하나 방긋 웃는다
그 잎끝에 매달린 이슬,
참 맑고 단단하다

겨우내 땅속 깊이
숨죽이며 꿈틀거리던 숨결들
긴 겨울, 너도
참 잘 버텨냈구나

마른 잎 사이로
노란 민들레 한 송이
봄바람에 눈을 뜬다

조용한 기적처럼
가뭄에 목말라하던
상추와 쑥갓 잎들
봄비 한 줄기에
쑥, 숨을 틔운다

뒤죽박죽 달라지는 계절
불안한 하늘 아래
풀잎과 꽃잎, 흙과 바람이
서로를 쓰다듬는다

괜찮아, 괜찮아질 거야
서로를 토닥이며 웃는다

가족

가족이란 이름으로 세운
울타리

하고픈 말 줄이고
아이들을 키우며

부모가 되어서야
울타리의 내력을 알았어요

그 울타리 속 울타리
그때서야
넘을 수 있었어요

주부로 산다는 것

거울 앞의 나는
거울 속의 나를 만난다

슬픔은 구름처럼 스치고
기쁨은 햇살처럼 따스하다

당신의 서러운 말
아직 내 안에 상처로 남았지만
아이들의 아픔은
소중하고 빛나는 추억이 되었다

이십 년, 삼십 년, 오십 년
시간은 흐르고
나는 거울 속 나에게
조심스레 손을 내민다

무소유

싸륵싸륵 흰눈이 쌓인
세상은 숨죽인 듯 눈부시다

산토끼가 찍어 놓은
앙증스런 발자국 따라
고요한 산길 걸을 때
후드득,
꿩 한 마리 빈 하늘로
날아오른다

시린 바람결 따라
우수수 흩어지는 눈꽃,
피지도 못한 마음들이
허공에 흩날린다
스미듯 녹아내리는 눈송이를 보며
쥔 손을 천천히 놓는다

훨훨,
빈 몸으로 허공으로 날아가는 새들

내 손바닥도
하얗게 비어 있다

긴 꿈

시린 상현달이 뜬 새벽
나는 긴 꿈을 꾸었어요

별빛은 검은 구름에 가려
아무것도 보이질 않았고
푸른 새벽은 비어가는
어부의 그물 같아요

사람들을 닮아가는 기계는
감정마저 닮아가고
자식들 일자리 없어질까
부모의 한숨 소리는
밤이 길어요

시린 새벽의 긴 꿈
주름진 걱정이 베개 속에 젖고
나는 설잠에
입술을 꼭 악물고 있네요

외로움도 사치였다

세월마다 굽이굽이
흉터로 남은 기억들이
통증으로 남았다

진눈깨비 같은 세월들
눈꽃 피워 맞으며
꾹꾹 외로움을 달랬다

침묵으로 묻었던 날들
옳은지 그른지를
대답 없는 거울 앞에 되물으며

통증으로 핀 기억에
내 스스로 지지고 볶으며
외로울 틈도 없었던 시절

버리지 못한 흉터에
환하게 웃는 꽃 하나
마음속에 걸어둔다

칠 남매

초롱초롱 별빛에
귀 기우리는 것처럼
까르륵 까르륵
칠 남매 소리와 함께
우리의 푸른 산도 커갔지

뒷곁에 보물창고였던
장독은 칠 남매가 꿈을
조금씩 떼어먹는 곳이었지

풀벌레 울음소리
찌르륵 찌르륵
자장가 소리가 되면

우리를 바라보던 어머니의
얼굴은 보름달 같았지

보름달처럼 커지던
어릴 적 꿈들은 신발끈을

고쳐묶고 뛰고 있었지

멍석 위에 나란히
별을 베고 잠결의 우리는
성공한 사람이 되어 있었지

개망초꽃

매연 속에서 헝클어진 우주
풀었다 조였다,
삶은 종종
조율되지 않는 리듬으로 흐른다

묵은 쌀자루처럼 부풀던 구름
갑자기 터졌는지
쏟아지는 쌀빛 빗줄기 아래
눈을 뜨는 개망초꽃 하나
따가운 햇살 아래
노란 모자를 눌러쓰고 섰다

허드레 땅,
버려진 틈에서 피어난 꽃들이여
바람을 버텨내려 애쓰지 마라
힘을 빼야 한다
그래야 가는 허리가
부러지지 않는다

햇빛이 달려와 귀에 대고 속삭인다

복잡하고 까다로운 세상이지만
조금은 느슨하게
조금은 부드럽게
살아도 괜찮다고

외로움도 사치였다

Even Loneliness Was a Luxury

양화춘 시집
Poems by Yang Hwa Chun

2부

꿈에 본 어머니

꿈에 본 어머니

녹색으로 우거진 산
덜꿩나무꽃이 눈꽃처럼
피던 날
잊히지 않는 기억은
얼만큼의 아픔일까

앵두가 붉게 익어가던 초여름에
덜꿩나무 흰꽃도
뻐국새도 하얗게 울었다

따뜻하던 손마저
얼음장이 되던 순간
놓친 손을 찾아 헤매다 깬
아쉬움

그리움의 손끝에서
베갯잇은 조용히
눈물로 젖어 들었다

갈피 속 기억 하나

책장을 넘기듯 지나는 붉은 산이
펼쳐진 모습에서
언뜻, 멈춘 갈피처럼 기억 하나 끼어있다

빠름에서 이름으로 얻은
경제적 이윤과 편리함
잘려나간 산은 낮아지고
잘라낸 바다 위로
차들이 쉼 없이 질주한다

구부러진 발자국을 따라가려는 듯
구겨진 기억을 펴기라도 하려는 듯
오래된 습성을 지우기라도 하려는 듯

스쳐 지난 갈피엔
느리지만 직선보다 구부러진
모습이 그리울 때가 있다

야생화 꽃이 천지였던 봄산은
잔칫날처럼 풍성했고
아이들이 야생화처럼 피어 환했다

진달래꽃을 씹으며
실금간 항아리에 원추리꽃을 꽂으며
두 손 모으던 기억 하나

흑백 사진 속 꽃처럼
지지 않고 피어있다

내 고향 친구들아

부모 형제 살았던
인심 좋은 내 고향
내 추억의 가지엔 그리움이
익어가는 중이다

윗마을 남댕이
징검다리 하나 건너가면
아랫마을 송쟁이

도랑물 속 송사리들
두 손으로 떠잡으며
주전자 속 해맑게 웃던 물그림자

한여름 개울가에 모였던
위뜸 아랫뜸 친구들
어느 곳에 살고 있을까

그 고향으로
다시 돌아가고 싶다

산수유

아침 산이 침묵하고
새벽 안개 무거워
봄바람 타고 산을 넘는다

햇볕을 주워가며
늘어선 노란 산수유꽃
수수한 게 꼭 어머니 같다

너그러운 햇빛처럼
환한 얼굴로 하굣길을
기다리던 어머니의 꽃

산수유꽃이여

우리집 재산 1호

첫 장을 열면
암송아지 울음소리
시골 냄새 풀풀 나던 외양간

둘째 장을 넘겨
닭울음 들추면 굴러나오는 달걀들
소쿠리에 담으며
숫자를 세시던 어머니

셋째 장을 펼치면
고랭이밭에 돌멩이와
부딪히는 호미 소리에 찔리던 어머니

넷째 장엔
호미 소리 떠밀던 아버지의
새파란 힘줄이 보인다

넷째 장 여백에
풍덩, 뛰어내린 개구리

새참을 이고 가던
조심스런 발걸음 소리가 들린다

어느 것 하나 잊은 적 없는
모두가 재산 1호

내 삶의 등불

다람쥐와 도토리

그냥 보기만 하기엔
견디기 어려운 황금 들녘
텃밭엔 배추와 무가
단단히 제 자리를 지키고 있지만
마음은 이미 그 너머를 걷는다

오색으로 물든 산길
다람쥐 한 마리,
알밤을 까먹다가
자기 발소리에 놀라
허둥지둥 나무 위로 달아난다

그 아래,
오소리는 조용히
그늘진 숲속으로 물러나고
잠시 후,
도토리 몇 개
부드러운 풀섶 위에 내려놓고 간다

자기 것이 아닌 듯,
내 것이 네 것인 듯

가을은
이렇게 깊어간다

보라카이 섬에서

미움이 용서되는 곳

떡가루처럼 고운 모래 위로
야자수 그늘이 비단결처럼 흘러내리고
밀려드는 바람은
솜털처럼 나를 흔든다

에메랄드빛 바닷속
하늘이 바다인지
바다가 하늘인지
빛과 숨결이 서로를 비춘다

세상의 날카로운 모서리들이
몸을 씻는 곳
고요가 천천히 제 이름을 부르는 곳

파도를 타는 연인들,
선녀와 나무꾼의 옛이야기가
물비늘 위로 되살아나고

바람이 있어 파도가 춤추고
모래가 있어 세상이 제 몸을 이루는
그곳

나는
구름에 마음 한 조각 얹어
용서를 띄워 보낸다

손주의 노래

흔들리는 차창 너머
햇살이 흔들리고
그 안에서
손주의 노래가 울린다

수박을 사오다
아파트 앞에서
와르르 깨뜨린 아쉬움이
리듬을 타고 출렁인다

조금은 삐걱대고
조금은 엇나가는 음정 속에도
햇빛 한 줌씩 모여
두둥실 구름이 되어 떠오르고
엇갈린 발걸음에도
한때 함께 걷던 논둑길처럼
흔들림은 정겨운 리듬이 되어
구름이 되고,
빛이 된다

상상의 날개를 달고
손주는 노래 속으로 날아간다

그 노래에
나는 배꼽 빠지게 웃었다

참 오래간만에
가장 맑게 웃었다

도랑물

사는 게 결국 도랑물이지

흐르다 굽이쳐
휘도는 물길처럼
숨 가쁘게 살아온 날들,
굴뚝의 연기처럼
허공으로 휘어지며 사라진다

도랑가 맑은 물에 앉아
얼굴을 비추면
잔물결 속에 뿌리내린
나와 너

물소리처럼 웃자란
오만을 흘려보내고
다시
겸손한 마음으로
살아야겠다

늦은 숙제

가로등 불빛마저
졸음에 겨운 밤

밀려드는 안개처럼
아쉬움 그득한데

따각따각, 중얼중얼
게으름이 데리고 온
잡념들만 소란하여

달빛에 노 젓듯
숨 한 모금 들이키며
귀 열고 입 다물고

철새 따라 나섭니다
한 줄, 한 줄
철새의 울음입니다

매듭

과거와 미래의 경계에서
끊임없이 갈등하며,

자식의 도리와
부모의 자격 사이,
그 좁은 길을 헤매는 나

부모님께는 늘 죄스럽고,
자식들에겐 미안함이 가득

부모님을 위해 살아온 세월보다
자식의 삶을 위한 시간이
훨씬 더 분주하게 흘러갔다

용광로의 불꽃처럼
불타오르며 살아온 날들

이제 내 자신에게 속삭인다

“수고했어, 괜찮아”

토닥토닥
한 손으로는 가볍게
내 어깨를 토닥이며

매듭 하나 풀어본다

카네이션

곡성 섬진강변 축제장,
꽃들로 물든 연인들의 바쁜 발걸음
한순간도 놓칠세라
형형색색, 추억을 가슴에 담는다

천사처럼 피어난 꽃송이들 사이를
향기에 취해 서뿐서뿐 걸어간다

화려하게 꾸며진 뭇꽃보다
모퉁이에 피어난 소박한 꽃에
마음이 먼저 다가온다

어머니를 닮은 붉은 카네이션이
혼자 피어있다

그 향기 앞에 발걸음이 멈춰지고
어머니가 내어놓은 그 향기와
단맛 속에 그리움이 깊어진다

그렇지,
이때쯤 우리 집 돌담장에서
피어오르는 꽃내음이
마당에 깔리고
처마 밑 낡은 궤짝 위에서
피어난 꽃은 기가 막힌 작품이었지

내일은 그리움에 이슬이 맺힐
어버이날이 오리라

호도섬

해당화 물결로 흔드는 바람
섬마을 숨결로 사람들을 깨우고

여우 닮아 여우 같은 아이들은
모래밭에 여우 발자국을 남기면

그물 걷는 어부들 셀렘으로 벅차
갈매기 떼 지어 응원하는 때

노을빛 애환도
통통배 위에선 시원한 바람이 되지요

잠 못 드는 밤

외로운 한숨 소리
바람으로 흩어지는 밤

고요를 당겨 덮은 강아지며
어항 속 물고기들마저
아무 일 없다는 듯 돌아선다

그사이
뒤척이는 등 뒤로
밤새 자란 슬픔이 찾아와 있다

다시 온 새벽,
구름 속에서도 별은 뜨고
비바람 속에서도 꽃은 핌을 알기에
새로운 아침을 맞는다

그곳

먼지 낀 창문
너울대는 나무 그림자

초롱초롱한 별빛 안고 잠이 들던
뒤란에 주인을 찾아 두리번거리는
늙은 대추나무

웃자란 잡풀 사이
뒤꿈치를 들고 핀 풀꽃

빈 헛간을 들락거리는 바람처럼
숨바꼭질하는 쥐들

바로 그곳,

어린 내가 있네

크리스마스 선물

함박눈 내리는 밤

못 지킨 약속에 뒤척이다
잠이 든다

살얼음 아래 송사리 몸짓 따라
몸 비트는 햇빛 찾아 진흙이 새겨둔
토끼 발자국 따라가니
어느새 고향집 사립문을 열고 있다

손주들 품에 안고도 대답 없어
깨어날 때
울리는 전화 속 목소리

"잘 지내지? 별일 없지?"

성탄절 아침,
세상에서 가장 큰 선물이다

외로움도 사치였다

Even Loneliness Was a Luxury

양화춘 시집

Poems by Yang Hwa Chun

3부

울 언니 시집가던 날

울 언니 시집가던 날

탱자꽃 새하얗게
눈썹을 세울 때
초록빛 가시 사이
작은 새들이 날아들고

탱자나무 울타리에
쪼그려 앉아
눈썹이 젖도록
서럽게 울었지

먼 산을 둥지 찾아 떠나는
새를 바라보며
한숨짓던
아버지 등짝에

초록빛 가시가
듬성듬성 돋고 있었지

신성리 갈대

저물녘
바람뿐인 금강하구 갈대밭

외로운 바람 한 줄기
바람에 휘어지고 흔들린다

선산에 누운
어머니 굽은 등이 보인다

거처 찾아 떠도는
이름 모를 새들 걱정에
몸 비비는 갈대

어머니의 야윈 허리다

아쉬운 마음

한 발자국 더 나아가고픈
몸부림

환희도 절망도
자신과의 싸움이다

허공에 질문 던져
대답을 기다리지만
지나간 시간 뒤엔
뒤늦은 후회뿐이다

생각을 접어두고
다시 딛는 발걸음

작은 아쉬움에
후회하지 말자

갈 길은 멀어도
아직 길은 남았다

거울 속의 얼굴

거울 속 내 얼굴이
손주를 닮았다

지금의 내가 아닌
어린 시절의 나

지나버린 시간 속에
닮아가는 얼굴이다

손주가 나를 닮고 있다

꽃의 기억

구름 사이 햇살 아래
흰쌀을 쏟은 듯
꽃잎들 천지다

찬바람 껴안고
내려선 땅바닥
지나버린 추억처럼
꽃향기 그득하다

하얀 향기 속에
아쉬움처럼 추억이
지워지고 있다

짝사랑

진보라 나팔꽃이
환히 피어 손짓하던
허물어진 돌담장 집

한 소년이 살았지

문 여는 소리만큼
가슴을 울리며
두근대던 설렘

떠나는 구름 보며
눈물 흐르고
소년은 떠났지

이제는
흔적만 남은
짝사랑

까치와 꿈

늦가을 밤,
된서리에 붉어진 사과처럼
익어가던 꿈이 있었다

뒤척이다 잠들면
까치가 섧게 울어
어린 마음은 마냥 설렜다

옹달샘 달빛 비추듯
초롱초롱 빛나던 별들처럼
잃어버린 세월 속에
떠오르는 꿈이 있었다

기억이 흐릿해질수록
환한 어릴 적 꿈

풀꽃

바람에 흔들리다 휘어져도
다시 고개 드는 풀꽃

고뇌와 외로움
모래처럼 쌓여
근심의 끝은 알 수 없어요

소낙비처럼 지나고 나면
다시 피는
우리는 인생의 꽃이지요

상처 없는 생이 어디 있나요
넘어질 듯해도 또 일어서는 용기

풀꽃처럼 살아요

별

미세먼지
밤하늘을 덮는다

먹구름 밀려오고
별빛은 사라진다

광활한 우주
별들은 어디쯤에 있을까

맑았던 하늘
울음처럼
빗줄기를 쏟고 있다

호미

옹이가 빠져나간
헛간문을 엽니다

아버지의 지게가, 낫이
어머니의 굽은 허리 같은 호미가
우리 집 안의 가계처럼 걸렸습니다

아슬한 삶의 길을
휘어지며 걸었던 것처럼
허리 굽은 어머니의 생이 있습니다

풀무질로 이글거리는
불꽃을 빠져나와
매질로 단단해지는 호미처럼

닳아 뭉툭해진
어머니의 생이 걸렸습니다

부러지지 않으려 휘어져야 했던 것처럼

어머니의 생은
꼬부라진 호미를 닮았습니다

엄마의 이름표

하루의 마침표를 찍는 저녁

오늘만은
근심 없이 깊게 잠들어
봄 같은 꿈을 꾸고 싶다

발밑으로 줄 세워진 숫자들
자꾸만 나를 따라와
쉼 없이 바쁘게 살았다

엄마,

엄마라는 이름표
고단함을 가슴에 달고
터벅터벅 지친 걸음 걸어도
세상을 다 가진
뿌듯한 행복이 있다

갈 길은 아직 먼데
돌아보면 걸어온 길이 보이지 않는다

그래,
괜찮아, 괜찮아

잊은 적 없는 꿈
아직 별빛들 환하다

봄비

갈라진 논바닥,
목마른 울음이 대지를 울리고
하늘도 말없이
눈물 한 방울 삼키지 못한 채
부르튼 도랑마다
갈라지는 아픔 가득하다

마침내,
흙먼지 흩날리며
팝콘처럼 튀는 빗방울

개구리 모여앉아
와글와글, 잔칫날이다

삽 들고 물꼬 보러
걸어가는 아버지 걸음 따라
논두렁에
환호성이 일고 있다

산책, 봄을 맞다

모처럼 나선 산책길

따라나선 강아지는
풀 향기를 맡으며
아침을 기억하지

뽀송뽀송한 봄바람
밀고 당기며
숲길에 나비와 숨바꼭질하지

소나무에 기댄
햇빛이 한나절

발걸음을 옮길 때마다
톡톡
꽃송이 터지는 소리

봄날의 산책은
총천연색이다

송림 갯벌

맨발로 밟는 갯벌
바다의 속살 같다

호미질 쇳소리에 놀랐을까
동죽이 물총을 쏜다

갯바람에 먼길 떠나는
구름 아래
갯벌이 깰까봐
조심, 조심 걷는다

폐교 운동장

어디로 갔을까
아이들은

채워지지 않는 공허,
소중한 것들의 소멸에
애련함이 가슴을 적신다

녹슨 미끄럼틀 아래
그늘처럼
기억의 쇳가루가 쏟아진다

웃자란 잡풀 속에 곱게
핀 꽃들이 운동장을 지키고

바람에 흔들리는 그네를 따라
청군 이겨라, 백군 이겨라
옹골찬 아이들 함성이 쫓아나온다.

어디 있을까
아이들은

갯벌 이야기

서해의 갯벌은
백 가지 요술을 품은 조개밭
이제는 스러져 가고
세월만큼 드나든 파도만
그 비밀을 기억하겠지

해루질하는 할머니
호미 갈퀴 끝마다
뚝뚝 떨어지는 눈물
달빛이 삼키듯 고요히 말한다
옛 터전으로 다시 돌아오리라

백합아,
유부도 갯벌로 너 또한 찾아오리라

울타리

울타리는
모든 걸 껴안는다

다른 길을 걸어온
당신의 길
다른 맛을 찾는
입맛
자식을 키우며
닮아가는 우리
늘어난 주름

떨어짐 없이
모두 껴안고 걸어가고파
꼭 껴안는다

빈집

은하수 별들이
밤을 속삭이며 놀다,
이내 빛을 잃고 스러진다

백일홍꽃,
주인의 발자국을 기다리며
슬픔에 젖어 붉게 물든다

거미줄에 붙은 하루살이,
밥풀떼기처럼,
시간의 먼지 속에 고요히 갇혀 있다

달빛은 흐느끼듯
잠에 빠지고
장독대 속
비밀을 안고 숨은 생쥐가
고요히 움직일 때
고양이는 살며시 눈을 뜬다

빈집을 지키는 것은
세든 새뿐

빈집의 창문에 비친 달빛은
홀로 남은 시간의 그림자를 안고
또 다른 새벽을 기다린다

외로움도 사치였다

Even Loneliness Was a Luxury

양화춘 시집

Poems by Yang Hwa Chun

4부

통통배에 배인 사랑

가을이 오는 소리

담장 오른 나팔꽃이 나팔을 불어요
뻐꾸기보다 더 큰 소리로

당신은 언제 오시냐고

함께하던 원두막, 나무 아래 정자까지

나팔소리, 당신을 찾아 나시네요

발자국이 가려운지
자꾸만 따라오네요

그늘이 되어

창밖은 풀죽을 쑤어 놓은 듯
구름을 꺼내 놓았네요

하늘은 저리 맑은데
당신 마음속은
다 알 수는 없겠지요

당신도 내 마음을
모두 알 수는 없을 거예요

아니, 알면서도
모르는 척해줄 때가
더 편할 수 있어요

한숨 소리만 들어도
풀 죽은 얼굴만 보아도
척, 눈치 백단이지요

언제부턴가
방금 만난 사람과 꽃 이름을 잊어
뭐더라, 뭐더라
묻고 찾느라 분주한 일상이 되었어도

서로 바라보며
어이없는 웃음 지을 때
주름살이 따라 웃지요

때로 아옹다옹하지만
편히 쉴 수 있는
나는 당신의
당신은 나의 그늘이지요

금이 간 그릇

애지중지 아끼던 그릇
손에서 미끄러져
바닥으로 뚝, 떨어졌다

아차, 하는 순간
걱정처럼 실금이 갔다

차라리 깨졌으면

옛 생각이 난다
소나무가 게워낸 송진으로
금이 간 마음을
때우시던 어머니

멍든 그릇처럼
마음도 멍이 들어
버리지 못하고 껴안던 것을

내 마음에 금간 어머니의 기억 한 줄

다시, 선다

이른 아침
소리 없는 보슬비에
이명이 들린다

화단에는
피멍들어 진 동백꽃을
위로하는 민들레
다시 올 계절엔 괜찮을 거라며
다독이는 바람이다

산불에 눈물까지 마른
푸른 신음은
고운사 종소리도 숨겼다

새까맣게 속 탄 자리에
푸른 싹들이
분주하게 눈을 뜬다

마량포구

집어등 불빛 세운
통발선이 귀항한다

선착장 고요는
일시에 무너지고

근육 세운 물고기들
펄떡이며 육지에 오른다

안개 낀 포구에
출렁이는 비린내 따라
북적이는 발자국이
서로 엉켜 소란한데

선장의 이마엔
땀방울마다 파도가 밀려온다

포말로 부서지는
땀방울이 아름답다

바람 따라간 곳

누가 파발을 띄웠을까
옛길 따라 바람처럼
모여든 재주꾼들

늦바람 날라리에
이파리들의 꽹과리로
햇빛 아래 그림자들 춤사위

불어대고, 흔들고, 엉키는
한낮이 절창이라

파장은 언제인가
놀빛이 질 때까지
갈숲은 만장이다

우리 아가야

엄마, 아빠 닮은 듯
자꾸 웃는 얼굴에
세상이 있어요

쏘옥, 내민 입술은 꽃잎이고요
보드라운 살결은 꽃 향 같아요

눈, 코, 입, 귀, 머리카락

햇빛을 보고 싶다고
꽃 향 맡고 싶다고
엄마, 아빠 안고 싶다고
작은 손 오므려 쥐고 있어요

쌀알같은 손톱엔 반달이
앙증맞은 발톱엔 보름달이 있어요

아가야
세상을 다 쥐었으니

꽃길만 걸어가자

할머니가 햇빛이 되어 줄게

우리 아가야

내 꿈

뚝뚝, 먹구름이 수제비를 뜨듯
타닥타닥, 소낙비가 내려요

세월은 소낙비처럼 아무런 생각 없이
후다닥, 지나가네요

햇살 같은 꿈들은
잎 흔들고 지나는
바람이 되었나요?

빗방울에 시절을 잃은 듯
구부러진 꽃들도
이젠 허릴 펴는데

잔 주름진 입꼬리에
추억이 새어 나와
야윈 입술에 별처럼 박혔지요

아직 놓을 수 없는 꿈
웃자란 손, 발톱에 꽃물 들여요

내 꿈, 보이시나요?

유리창에 핀 성애꽃 (낭송시)

유리창에 아들의 이름을 부르다 써봅니다
성애꽃이 녹아 눈물처럼 흘러내립니다

장롱 속에 고이 접어 두었던 허름한 남방을 꺼내
밤새도록 다림질하는 내 눈가엔
붉은 피눈물이 흐릅니다

그토록 보고 싶었던 아들아
피지도 못하고 흑백 사진 속에서 해맑게 웃는 내 아들아
눈물이 나서 더 부를 수 없었던 이름
피보다 더 진한 설움으로 아들을 부릅니다

그날, 매캐한 공기 속에 숨어 있던
붉은 핏방울은 도로 위에 튕겨져 솟았고
사람들의 신음소리는 길거리에 탑처럼 쌓였습니다

"엄마, 다녀올게요"
손 흔들며 웃음으로 떠난 내 아들은
마른 피 한 방울까지 다 쏟아내고, 대지의 향기로 머물다가
조국의 하늘에 별이 되었습니다

울음소리조차 내지 못한 슬픔은
지금도 치맛자락을 적십니다
슬픔은 올해도 성애꽃으로 피었나 봅니다

통통 부은 얼굴로 아침 버스를 타고 집을 나섭니다

작년보다 더 길게 느껴진다고, 자주 오고 싶었다만
어미 가슴이 무너질까 오질 못했구나
사진 속의 아들 얼굴을 어루만지며 혼잣말로
"어미가 많이 보고 싶었지?"
아들아, 원 없이 부르고 싶은 이름, 내 아들아

떨어지지 않는 발걸음 뒤돌아보며
또 너를 찾아올 수 있을지 몰라
끝내, 돌아서지 못하는구나

하늘은 눈부시게 푸르고 평화로웠던 그날
짐승 같은 탐욕에 이지러졌던 대한의 별이 된 아들아

청춘의 밝고 힘찬 박동 소리를 한 번도 잊은 적 없거늘
지금이라도 어미의 품속으로 돌아올 것만 같아
언제나 대문 앞을 서성이며 그 이름을 부릅니다

사랑하는 내 아들아

이제는 아프지만 그만 대문을 닫으려 한다
돌아올 수 없는 너에게
돌아오란 말은 상처 같아 이젠 보내려 한다

먼 훗날 별에게 가는 길을 물어
내 찾아갈 때, 아들의 마중을 기다리는구나

사랑하는 내 아들아

복수초

눈보라 속 뒤뜰에
찾아든 사람

등 시린 칼바람 지고 와
내 늦잠 깨운
고마운 사람

아, 언제 또 가시려나

가슴 시린 그 사람

지각은 아픔으로 남는다

달빛도 그렁그렁한 밤
편지를 씁니다

그리움도 오래면 눈물이 될까요?

아버지의 생각이
속죄의 싹을 틔웁니다

방바닥은 차가운데
귀퉁이에 앉았던 기억으로
손에 쥔 편지마저 따스합니다

좋아하시던 아카시아꽃 향 끼워
장날, 바랜 우체통에
이제야 넣습니다

한여름 소묘

긴 장맛비 그친 초저녁
굴뚝에서 나온 연기가 온 동네를 휘감았지

놀란 개 짖는 소리처럼
구들방을 뛰쳐나온 아이들
마당 모퉁이에
볏짚 태워 쫓은 모기처럼 걱정도 잊을 때

가마솥에 옥수수며 감자가
알알이 익는 동안
별과 달도 덩달아 웃음꽃을 피웠지

평상에는 우리 이야기가
마을의 전설이 되었지

별을 보면 아이들이
달을 보면 할머니가 생각나
비에 젖어도
푸른 감나무처럼 살고 있지

호박

생명을 길러내는 흙은 거주지
산비탈, 어느 곳이든 잘 견딘다

녹색 치마에 노란 저고리
탯줄 같은 옷고름 단단히 동여매고
젖몸살 아려와

별꽃을 머금고 있는
노란 함지 속에
윙윙 날아든 땡볕에 엄마들

꿀단지 채우느라
온종일 노동을 지쳐
잠시 눈물에 눈 감는데

붕어빵 같은
젖먹이 떼어낸 자리에
고름이 고인다

호박잎 그늘에 숨어
침묵이 익어가는 속말을 삼켜도
늘어가는 주름살에 박히는 별들

어머니의 휘어진 등뼈는
야윈 몸으로 살아
가슴 저린 흑백 사진이다

통통배에 배인 사랑 _(낭송시)

주꾸미 잡던 통통배
항구에 동아줄 묶여져
삐그덕 삐그덕 흔들리는 소리
하늘이 무너질 것만 같았어유

새벽녘 검푸른 바다
칼바람에 양쪽 볼은 얼어서
당신 얼굴이 붉게 핀
동백꽃 같았지유

금쪽같은 자식들이 커가고
살림 늘어나는 재미에
손발이 다 닳도록 일 했어도
고된 줄도 추운지도 모르고
삼사월은 눈코 뜰 새 없이
바쁜 나날이었지만 행복했어유

자식들은 어미 속도 모르고
통통배 팔기를 바라고 있지만

아직은 당신의 흔적을 지우기가 어렵구만유

치자 꽃으로 물든
노을빛 바다를 바라보고 있으면
소나기처럼 눈물이 쏟아져유

거친 파도가 출렁거리고
주인을 잃어버린 배 위에
깃발 퍼덕거리는 소리가
아파서 끙끙 앓던 당신의
고통소리로 들렸어유

만선에 먹물처럼 검게 탄 얼굴로
물고기 가득가득 망태기를 매고
활짝 웃으며 금방이라도 돌아올 것만 같아유

우리 딸

하얀 웨딩드레스 입고
초례청 앞에 선
딸을 바라본 순간 어미는
자신도 모르게 흐르는 눈물을 움켜쥔다

어미 곁에서 떠나보내는
누구나 겪는 아쉬움보다는
어미가 못다 해준
애틋한 아픔이 더했기 때문이다

성장하며 쌓였던 딸과의 추억들이
주마등처럼 스쳐가며
한순간 어미의 가슴을
파헤치며 아프게 죄어온다

적신 얼굴의 어미를 바라본 딸은
그 마음을 헤아리는 듯
어느새 눈가에 이슬이 불거져
맺히다가 흐르고 있다

그러한 착한 딸이기에
시집 부모님의 사랑을 듬뿍 받고
인접에서 신혼살림이라니
어미에게 그나마 위안이 된다

못다 한 마음을 더하여
줄곧 곁에서 그림자가 되어
더욱 지지하고 행복을 응원하는
어미로 살고 싶다

사랑하고 고마운 지인과 친지 속에서
많은 축복을 받으며
딸이 시집가던 날
첨 느껴보는 참 좋은 날이다

매화

이른 봄 알몸으로 태어나
여린 꽃잎으로
눈보라 찬서리 이겨내고
하얗게 핀 매화가
눈부시게 예뻐서
개구리눈으로 바라본다

떨어지는 꽃잎을 보면
어머니 꽃상여 타고
산 너머로 떠나시던 날
하얀 소복을 입고
큰 언니 둘째 언니
통곡하던 모습이 생각나
눈앞이 흐려진다

어머님의 사랑은 봄볕이었고
시원한 바람이었다
푸릇푸릇 싱싱한 새싹처럼

희망과 용기를 주었던
그리운 내 어머니

비바람 불어도
꺾어지는 일 없었고
꽃을 피웠고 논밭에서
참기를 들기름 야채 과일
풍성하게 먹고 살 수 있었다

꿈속에서라도
꽃잎 떨어진 하얀 그 길을
어머니와 손잡고 걸어봤으면

늦은 깨달음 (낭송시)

어둠을 삼켜 올린
붉은 십자가 불빛,
그 아래서 번져오는 새벽 종소리,
나는 엎드려
주님 앞에 뜨겁게 기도합니다

주님의 품 안에서
영욕의 바람에도 흔들리지 않으며
그 뜻을 내 마음에 새깁니다

겨자씨만 한 믿음조차
늘 바쁘다는 핑계에 묻어 두고
허망한 날들을 살아왔습니다

늦게서야 깨닫고,
당신 앞에서 흘린 참회의 눈물이
내 영혼의 강물로 번져갑니다

당신이 계신 자리마다
은혜의 샘이 솟아나고 있음을
이제야 알았습니다

끝없는 주님의 희생,
피 흘려 피워낸 꽃처럼
향기는 세상 가득 번져가고,
어머니의 눈물 또한
구원의 강물이 되어
마침내 승리의 꽃으로 영원히
피어날 것을 믿습니다

어머니의 들꽃 (낭송시)

장미꽃이 붉게 피어나는 오월이면
돌아가신 어머니를 뵈러
옛집 산 중턱의 산소를 찾는다

50여 년이 지난 이맘때쯤
어머니와 함께했던 추억이
뒤돌아가는 발걸음을 붙잡는다

하교 후 집으로 와보니 어머니가 보이질 않았다
아침에 본 그늘진 어머니의 모습이 떠올라
가방을 마루에 내 던지고 그곳으로 내달렸다

점심도 거른 나는 배고픔도 잊은 채
찾아 헤맨 어머니는 할머니 무덤 앞에서
엎드려 흐느끼고 있었다
어머니의 그림자였던 막내딸은
엄마… 엄마… 부르고 싶었지만
놀란 마음에 입가에서 맴돌아 부를 수가 없었다

누가 볼세라 두리번거리던 어머니
아무 일도 없었다는 듯
젖은 얼굴을 소맷자락으로 훔치며 다가왔다
집에서 밥이나 먹지 뭐하러 찾아왔냐고
나무라듯 하였지만 꼬옥 안아주던 어머니의 가슴은
얼음이라도 녹일 듯 따뜻하였다

어머니와 손잡고 집으로 가는 숲길에는
이름 모를 들꽃이 곱게 피어
마치 어머니의 모습 같았다
한 송이 꺾어 머리에 꽂아드리고
또 한 송이 귀에 걸어 드리며
재롱부리는 막내딸을 쓸쓸히 바라보며 미소를 짓던
어머니의 모습이 그저 불쌍해 보였다

저편에서 울리는 뻐꾹새 소리가
왜 그리도 슬프게 들리던지
지금도 오월이 되면
어머니의 생전 모습에 가슴이 아려온다

어머니…
어머니…

사랑합니다

양화춘 첫 시집 『외로움도 사치였다』 발문

삶의 틈에서 피어난 시 한 송이

황환택(시인)

삶의 틈에서 피어난 시 한 송이

황환택(시인)

사람은 살면서 어떤 이름 하나를 간직하고 산다. 누구는 스승의 이름을, 누구는 그리운 이의 이름을, 또 누구는 잊지 못할 어떤 순간의 이름을 품는다. 그 이름은 때로 불러내기까지 오랜 시간이 걸리고, 한 번 부르는 데도 온 마음의 떨림이 동반된다.

양화춘 시인, 그녀 또한 그런 이름 하나를 마음 깊은 곳에서 지켜온 이다. 소리 없이 세월을 지나면서도, 그는 삶이라는 거대한 물결 속에서 침묵을 견디며 이름 하나 품고 살았다. 양화춘 시인이 품은 이름은 바로 '시'였다.

시인은 평생을 생업의 현장에서, 어머니라는 자리에서, 고요한 산책길에서 시를 길어 올렸다. 오랫동안 시낭송 전문가로 활동하며 시의 울림을 몸으로 살아낸 시인은 이제 자신의 언어로,

자기만의 목소리로 세상에 말을 건다.

『외로움도 사치였다』는 제목은 단순한 표현이 아니다. 그것은 고단한 노동과 책임의 시간, 누군가의 엄마로, 아내로, 생계의 주체로 살아온 세월의 결론이다. 자기 자신조차 돌볼 틈 없이 달려온 날들, 외로움을 느낄 여유조차 사치였던 시간이 짧은 한 문장으로 응축되어 있다.

그러므로 이 시집은 한 여성의 삶을 넘어, 한 인간이 살아낸 인생의 증언이 된다. 독자는 이 시집을 읽으며 단순히 시를 감상하는 것이 아니라, 시인이 걸어온 시간을 함께 견디고 공감하는 체험을 하게 된다.

이 첫 번째 시집은 "삶의 매듭을 조용히 푸는 한 사람의 기록"이다. 시인은 특별한 미사여구 없이, 그러나 단정하고 담백한 언어로 자신이 지나온 시간과 마음의 풍경을 정리한다. 동네 아이들의 웃음소리, 겨울 은행나무의 침묵, 손주의 노랫소리, 거울 앞에 선 자신의 얼굴까지. 그녀의 시는 거창하지 않지만, 그렇기에 오히려 더 깊은 울림을 준다.

겉으로는 단정하고 잔잔하지만, 내면에는 단단한 결을 품은 나무처럼 흔들리지 않는 중심이 서 있다. 그래서 나는 양화춘 시인의 시를 이렇게 말한다.

"삶의 이면에서 길어 올린 시의 언어들"

이 시집의 시편들은 화려한 수사가 없다. 대신, 오랜 시간 묵묵히 다져온 삶의 결이 있다. 양화춘 시인의 시는 소리를 지르지 않는다. 그러나 속삭임 속에서도 가볍지 않은 울림을 전한다. 그녀의 시는 격정적으로 외치거나 화려하게 수놓지 않는다. 그러나 그 조용한 언어 속에는 깊게 응축된 울림이 있다.

그녀는 일상과 관계, 가족과 세월의 흐름 속에서 길어 올린 진실들을 차분히 기록한다. 『외로움도 사치였다』는 그렇게 오래 준비된 고백이며, 담담한 회한이 녹아든 첫 시집이다.

양화춘의 시는 수다스럽게 말하지 않는 사람의 글이다. 그러나 한 줄 한 줄을 따라가다 보면, 그 속엔 참 많은 이야기가 들어 있다. 때론 서늘하고, 때론 따뜻하며, 때론 울컥하게 한다. 그녀의 시는 삶의 밑그림 위에 조용히 포개어 그려낸 정직한 자화상이다.

시인은 시적 소재를 거창한 서사에서 찾지 않는다. 대신, 동네 아이들의 웃음소리, 손주의 노랫가락, 겨울 은행나무의 침묵 같은 일상의 이미지들을 통해 보편적 정서를 환기한다. 「동네 아이들」의 "아이들은 그 봄밤에 피던 / 가장 환한 꽃이었다"는 시구는, 개별적 경험을 넘어 공동체적 기억으로 확장되며, 독자에게 따뜻한 서정적 회한을 불러일으킨다. 이처럼 양화춘의 시는 소소한 일상을 통해, 그것을 넘어서는 보편적 의미망을 형성한다.

양화춘 시인의 시에서 중요한 또 하나의 축은 여성적 주체성의 형상화이다. 「주부로 산다는 것」, 「굵은 손가락」 등에서 드러나는 여성의 삶은 단순히 희생과 종속의 자리가 아니다. 오히려 그는 그 삶을 당당히 인정하고 긍정한다. 「꿈에 본 어머니」, 「산수유」 같은 작품에서는 세대를 이어가는 여성적 존재의 연속성이 드러난다. 이는 한국 현대시에서 종종 간과되어온 '생활인으로서의 여성'의 목소리를 다시 환기한다.

양화춘의 시는 외침보다 조용한 위로를 택한다. 그 위로는 타인을 향한 것이면서, 무엇보다 자신에게 보내는 인정과 애정이다. 『외로움도 사치였다』는 무엇보다 자기 자신을 향한 위로의 시집이다. 「수고했어요」에서 반복되는 "당신도, 나도 수고했어요"라는 구절은 단순한 인사가 아니다. 그것은 한 생을 성실히 살아낸 주체가 자기 자신에게 건네는 인정이자, 독자에게도 확장되는 윤리적 메시지이다. 양화춘의 시는 '위로의 언어'가 과잉되거나 감상에 빠지지 않고, 자기 성찰의 결과물로 제시된다는 점에서 문학적 진정성을 확보한다.

"당신도, 나도 수고했어요."
"나는 끝까지 괜찮다고 말할 수 있었으면 좋겠다."

이 문장들은 살아낸 세월을 향한 자기 긍정이며, 독자에게
도 잔잔히 전해진다. 「수고했어요」라는 시에서 반복되는 그 인
사는, 삶을 묵묵히 견뎌낸 모든 이에게 건네는 조용한 박수이
자 "괜찮다"는 말의 절실함을 아는 이만이 줄 수 있는 다정한
언어다.

시인은 오랫동안 시를 사랑하며 살아왔다. 다른 이의 시를 낭
송하며 울림을 전하던 그녀는, 이제 자기 언어로 세상에 목소
리를 내기 시작한다. 그 언어에는 허세도 눈물 과잉도 없다. 대
신 정직함과 따뜻함이 있다. 그래서 더 큰 감동을 준다. 『외로
움도 사치였다』는 단지 한 권의 시집이 아니라, 한 사람이 살아
낸 인생의 기록이며, 누적된 세월의 결실이다. 그리고 그것은
늦게 피어난 한 송이 꽃처럼, 오히려 더욱 깊은 향기를 발한다.

양화춘 시인의 시는 문학사적 맥락에서도 의의가 크다. 한국
현대시의 중심에서 주목받아온 급진적 실험이나 파격과는 거
리를 둔다. 그러나 그렇기에 더 소중한 자리를 차지한다. 그것
은 일상의 언어를 통해 독자와 가장 가까운 자리에 다가서는
시, 그리고 생활의 무게를 문학의 언어로 전환하는 시이기 때
문이다.

시인의 시는 자연과 사람, 기억과 일상 사이에서 길어 올린
다. 그녀는 봄볕에 젖은 민들레를 바라보며 인간의 회복력을 말
하고, 개망초를 통해 '힘 빼고 사는 삶'을 권하며, 외로움조차

사치였던 시절을 떠올리며 살아 있는 모든 이에게 말을 건넨다. 그 말은 화려하지 않지만, 늘 진심이다.

이 시집은 시인이자 생활인으로서의 정체성을 동시에 유지하며, 삶과 시가 결코 분리되지 않는다는 사실을 증언한다. 이는 한국 여성 서정시의 한 흐름을 충실히 이어가면서도, 자기 목소리를 견고하게 세운 성취라 할 수 있다.

이 시집은 소박하지만 뜨겁고, 담담하지만 깊다. 그 속에는 땀과 눈물, 그리고 묵묵히 살아낸 날들이 녹아 있다. 독자는 이 책을 곁에 두고, 힘겨울 때마다 조용히 펼쳐볼 수 있을 것이다. 그 안에서 발견하는 언어들은 마치 "작지만 오래 가는 위로"처럼 독자의 마음에 닿는다.

『외로움도 사치였다』는 일상의 숨결을 담은 시집이다. 단정하고 맑은 언어는 우리에게 삶의 흔한 순간들이 얼마나 소중한지, 그리고 외로움조차 사치였다고 말할 수밖에 없었던 시절들을 기억하게 한다. 이 시집은 문학적 기교에 앞서, "조용히 살아온 누군가의 시 한 통"이라는 바로 그 자리에 섰다. 독자는 그 속에서 자기만의 기억을, 자기만의 체온을 만나게 될 것이다.

지나온 날들을 부끄러움 없이 바라보고, 그 애정 어린 시선 속에서 따뜻한 위로를 나눌 준비가 된 이들에게 이 시집은 고요한 동반자가 되어주리라 믿는다이 시집은 결국 삶의 틈에서 피어난 시 한 송이 꽃이다. 하지만 그 늦음은 결코 늦은 것이 아니다. 오랜 시간 동안 마음속에서 단단히 여물어진 언어가, 이제야 비로소 적절한 온도와 빛을 받아 피어난 것이다. 이 시집은 소박하고 따뜻하다. 그러나 그 따뜻함은 그저 온기만을 품은 것이 아니다.

양화춘 시인의 몇몇 작품을 살펴보면 시인이 세상을 어떻게 바라보고 있는지 알 수 있다.

「동네 아이들」이라는 시는 시집의 맨 처음에 실린 작품이다. 이 시는 유년기의 첫사랑 혹은 첫 고백의 경험을 철쭉꽃의 이미지로 형상화하고 있다. 남자아이의 가슴에 맺히던 설레는 감정은 "철쭉처럼 첫 고백"으로 붉게 물들고, 그 순간의 부끄러움과 순수한 숨바꼭질이 놀이의 형태로 묘사된다. 시 전체를 관통하는 정서는 순수·설렘·아련한 회고다.

마지막 구절, "아이들은 그 봄밤에 피던 / 가장 환한 꽃이었다"라는 결론은 단순한 추억을 넘어, 아이들의 순진한 정서 자체를 자연의 꽃과 동일시하는 의미론적 확장을 이루는 매우 뛰어난 감성과 문학적 수준을 보여주고 있다.

시의 전개 또한 안정적이다. 첫 고백의 순간에서 출발하여, 저녁 무렵의 놀이터로 시간과 공간을 확장하고, 마지막에는 "아이들은 그 봄밤에 피던 / 가장 환한 꽃이었다"라는 상징적 결론에 도달한다. 이는 개인적 체험을 넘어, 모든 독자에게 어린 시절의 순수와 빛나는 순간을 환기하는 보편성을 획득한 것이다.

특히 주목할 점은 시적 언어의 맑음이다. 과잉된 수사나 감정적 과장 없이, 간결하고 투명한 이미지의 배치로 독자에게 시적 순간을 직접적으로 전달한다. 이 점은 신인다운 솔직한 감각임과 동시에, 이미 어느 정도 시적 완숙성을 보여주는 대목이라 할 만하다.

이 시집의 제목으로 뽑은 「외로움도 사치였다」에 대한 이야기도 하지 않을 수 없다. 이 시는 개인의 고통과 상처를 정직하게 응시하면서도 그것을 단순한 고백으로 흘려보내지 않고, 시적 형상으로 응축해낸 작품이다. 시인은 세월의 고비마다 남은 흉터와 통증을 "진눈깨비 같은 세월들", "대답 없는 거울" 등의 선명한 이미지로 불러내며, 그 기억을 자기 성찰의 언어로 치환한다. 이러한 표현은 단순한 서사의 차원을 넘어, 상처를 언어화하는 과정 자체가 곧 시적 치유의 길임을 보여준다.

이 시의 미덕은 절제된 언어와 진정성에 있다. 외로움조차 누리지 못했던 시절을 회상하는 목소리는 과잉되지 않고 담담하다. 그러나 그 담담함 속에는 굳센 자의식과 삶에 대한 단단한 태도가 스며 있다. 마지막에 "버리지 못한 흉터에 / 환하게 웃는 꽃 하나 / 마음속에 걸어둔다"는 상처를 부정하지 않고, 오히려 그것을 삶의 증거이자 꽃으로 전환시키는 성숙한 인식을 드러낸다. 이는 시적 화자의 내적 성장과 더불어 독자에게도 깊은 울림을 제공한다.

문학적인 완성도 면에서 매우 높은 점수를 주고 싶은 작품은 「울 언니 시집가던 날」이다. 이 시는 개인적 기억 속 사소한 장면을 통해 가족 관계와 성장의 서정을 담아낸 수작이다. 시인은 언니의 혼례라는 사건을 어린 시선에서 포착하면서, 그것을 단순한 이별의 감정으로 흘려보내지 않고, 탱자꽃·가시·작은 새·아버지의 등짝과 같은 상징적 이미지로 변주한다.

첫 연의 "탱자꽃 새하얗게 / 눈썹을 세울 때"라는 표현은 생리적 감각과 시적 이미지가 겹쳐지며, 이별의 순간이 자연의 계절감 속에 자연스럽게 녹아든다. 이어 "탱자나무 울타리에 / 쪼그려 앉아 / 눈썹이 젖도록 / 서럽게 울었지"라는 대목은 어린 화자의 심정을 직접적이면서도 절제된 언어로 드러낸다. 시는 개인적 울음에서 출발해, 마지막 연에서 "먼 산을 둥지 찾아 떠나는 새"와 "초록빛 가시가 듬성듬성 돋는 아버지의 등짝"으로 확장되며, 이별의 보편적 서정과 부성애의 무게를 동시에 환기한다.

이 작품의 미덕은 무엇보다 순수한 감각의 포착과 이미지의 적확함이다. 탱자나무와 가시, 새, 아버지의 등짝은 단순한 회고적 정서를 넘어, 독자가 자기 경험을 겹쳐볼 수 있는 보편적 울림을 지닌다. 짧은 시편임에도 불구하고, 가족애·이별·세대의 슬픔이 압축적으로 담겨 있다.

특히 마지막 부분에서 아버지의 슬픔을 "초록빛 가시"로 형상화한 표현은 매우 뛰어난 문학적 상상의 결과로 이미지의 상징적 힘을 보여주고 있다.

「짝사랑」도 눈에 띄는 작품이다. 이 작품은 누구나 지나왔을 법한 첫사랑의 기억을 짧고 간결한 언어로 형상화한 것이다. 한 작품이다. 시인은 "진보라 나팔꽃"과 "허물어진 돌담장 집"이라는 공간적·자연적 이미지를 통해, 소년의 마음을 둘러싼 배경을 시각적으로 선명하게 그려낸다. 이러한 장치는 작품 전체를 단순한 회상에서 벗어나, 시간과 공간이 겹쳐진 보편적 추억의 장면으로 확장시킨다.

작품은 시적 구조에서도 안정적이다. 첫사랑의 장소와 분위기를 제시한 뒤, 가슴 두근거림과 이별의 슬픔으로 정서를 고조시키고, 마지막에 "이제는 / 흔적만 남은 / 짝사랑"으로 귀결한다. 짧은 시임에도 기승전결의 흐름이 뚜렷하며, 추억의 서정에서 허무의 인식으로 자연스럽게 이행한다.

이 시의 가장 큰 미덕은 절제된 언어의 투명성이다. "문 여는 소리만큼 / 가슴을 울리며 / 두근대던 설렘"과 같은 구절은 과장 없이도 강렬한 감정의 울림을 전한다. 신인 특유의 솔직한 감각과 순수한 정서가 투명하게 드러나며, 시적 진정성을 확보하고 있다.

「통통배에 배인 사랑」은 바다와 삶, 그리고 가족의 기억을 유기적으로 결합하여 풀어낸 서정시로, 애틋한 회상과 체험적 사실성이 강렬히 드러나는 작품이다. 시인은 주꾸미 잡던 작은 배의 흔들림, 새벽 바다의 칼바람, 붉은 동백꽃 같은 얼굴 등 구체적이고 생생한 이미지를 통해 생활 서정과 자연 서정을 동시에 성취해낸다.

이 시의 핵심은 단순한 노동의 기록을 넘어, 사랑과 그리움의 형상화에 있다. "손발이 다 닳도록 일했어도 / 고된 줄도 추운지도 모르고"라는 대목은 민초적 삶의 치열함을 드러내면서도, 고통을 사랑으로 감싸 안는 삶의 태도를 보여준다.

후반부에서 "주인을 잃어버린 배 위에 / 깃발 퍼덕거리는 소리가 / 아파서 끙끙 앓던 당신의 / 고통소리로 들렸어유"라는 구절은 구체적 이미지와 감정적 울림이 절묘하게 결합된 대목으로, 부재한 이의 목소리를 사물에 투영하는 우수한 서정적 전이를 구현한다.

언어 또한 눈여겨볼 만하다. 토속적 구어체("~했어유", "~구만유")는 단순한 방언적 장식이 아니라, 화자의 삶과 정서를 고스란히 담아내는 장치로 기능한다. 이는 작품의 사실성을 높이고,

낭송시에 걸맞은 구어적 리듬을 형성하여 독자의 귀에 더욱 생생히 와 닿게 한다.

마지막 결구 "만선에 먹물처럼 검게 탄 얼굴로 / 물고기 가득 가득 망태기를 매고 / 활짝 웃으며 금방이라도 돌아올 것만 같아유"는 부재한 이를 그리워하는 시적 화자의 마음을 강렬한 현재적 감각으로 끌어와, 회한과 희망이 뒤섞인 여운을 남긴다. 이처럼 생활의 체험을 예술적 언어로 승화시킨 힘은 본 작품의 가장 큰 성취라 할 수 있다.

이 시집은 단순히 한 시인의 '첫 시집'이라는 사실을 넘어, 삶의 결이 어떻게 언어로 변환되는가를 보여주는 중요한 사례다. 늦게 피어난 꽃처럼, 이 시집은 삶의 무게를 충분히 머금은 언어를 통해 독자에게 오래도록 스며드는 울림을 남긴다. 그 울림은 사소한 일상의 풍경에서 비롯되지만, 끝내 인간 존재 전체에 대한 사유로 확장된다. 따라서 이 시집을 읽는 일은 단순히 시를 감상하는 것이 아니라, 한 생의 서정을 함께 견디고 공명하는 행위라 할 수 있다.

이 시집을 읽다 보면, 양화춘이라는 사람의 삶이 시 그 자체였음을 알게 된다. 그녀는 오래도록 시를 사랑해 왔다. 시낭송 활동을 하며 다른 시인의 목소리를 대신해오던 시인은 이제 자신만의 언어로 세상에 말을 건넨다. 그 언어는 군더더기가 없다. 꾸밈없고, 허세도 없으며, 눈물 짓게 만드는 절절함 대신 다

독임이 있다. 그것이 오히려 더 큰 감동을 자아낸다. 시인의 진심이 그대로 독자에게 전달되기 때문이다. 우리는 이 시집을 통해, 말로 다 하지 못한 삶의 무게와 아름다움을 동시에 경험한다. 그것은 누구에게나 있을 법한 이야기지만, 누구나 이렇게 쓸 수는 없는 이야기다.

한 사람의 생, 땀, 눈물, 그리고 묵묵한 기다림이 응축된 진심이 담겨 있다. 그래서 이 시집은 오래도록 곁에 두고 싶은 책이다. 혼자 있을 때, 지쳤을 때, 혹은 누군가에게 위로를 건네고 싶을 때 가만히 펼쳐 읽으면 좋을 문장들이 이 안에 담겨 있다.

양화춘 시인의 시편 하나하나가 독자들에게 삶의 숨결로 전해지기를, 그리고 그 숨결이 또 다른 언어로 피어나기를 소망하며, 그녀의 시의 여정이 지금처럼 진솔하고 단단하게 이어지고 우리 곁에서 또 다른 언어와 숨결로 피어나기를 기다린다.

이 시집은 어느 시인의 '시작'이지만, 동시에 '삶의 누적된 문장'이기도 하다. 독자는 이 시집을 통해, 격식 없는 문장 속에서 아주 조용하게 인생을 마주할 기회를 얻게 될 것이다. 지금 여기, 우리와 그리 멀지 않은 어느 삶의 자리에서 피어난 이 시들이, 독자의 마음에도 한 송이 꽃으로 스며들기를 바란다.

2025년 늦여름